# EL TIEMPO

## DURA UN POCO, MUCHO, MUCHÍSIMO...

Texto:
Rhéa Dufresne

Ilustraciones:
Arianna Tamburini

Tramuntana

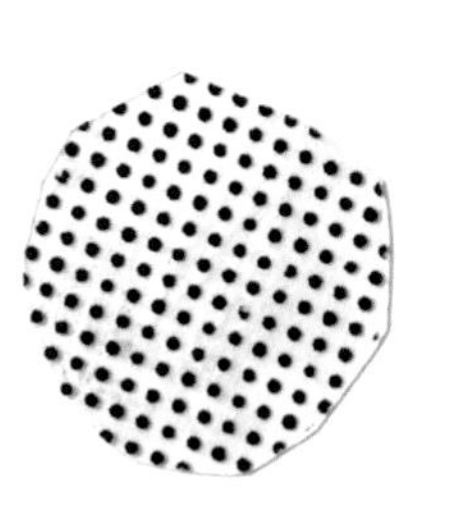

# EL TIEMPO

es rápido,
es lento
y cambia
constantemente...

grrr...
cua, cua

f f f

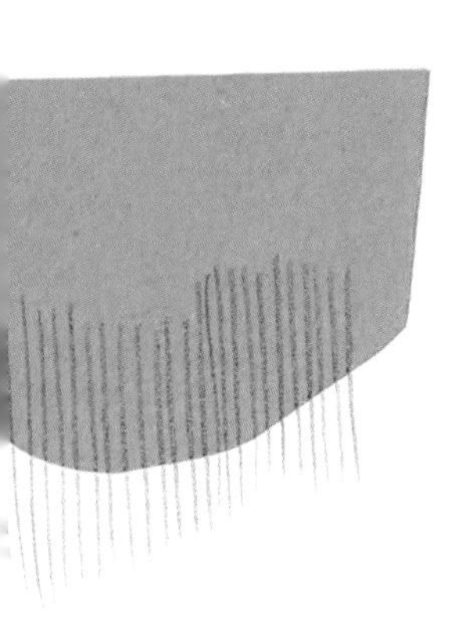

# UN SEGUNDO

es minúsculo. Pero es suficiente
para guiñarle el ojo a Valentina,
para mandarle un beso a Dorotea
o para hacerle una mueca graciosa
a Horacio.

Si tengo
UN
MINUTO,

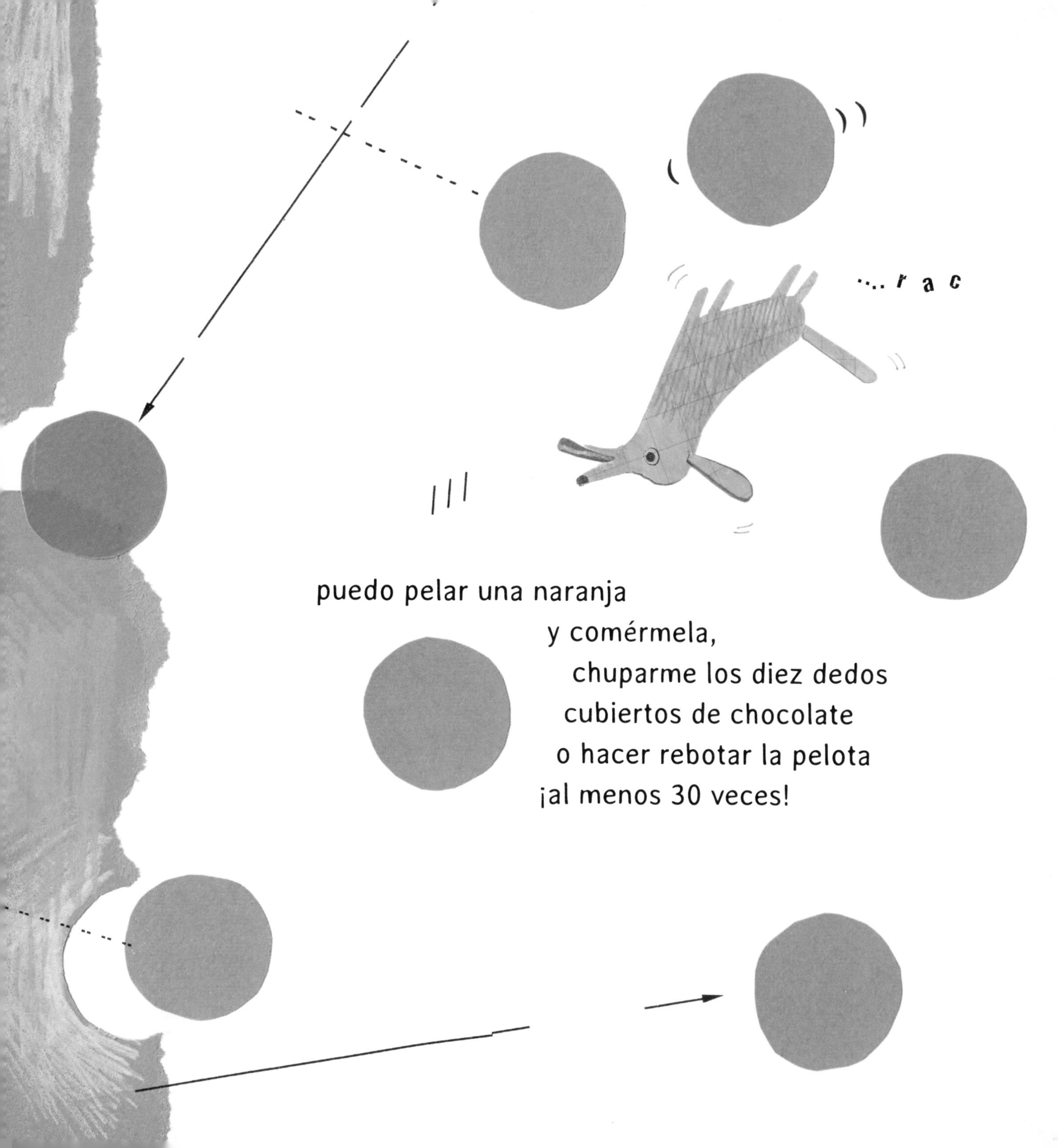


puedo pelar una naranja
y comérmela,
chuparme los diez dedos
cubiertos de chocolate
o hacer rebotar la pelota
¡al menos 30 veces!

# TREINTA MINUTOS

son más tiempo.
Puedo ponerme
toda la ropa
de cualquier manera,
atrapar algunas
mariquitas
o recortar
montones
de cosas.

...ChSsS *

# UNA HORA

es lo que se tarda
en sacar la pintura y los pinceles
o en jugar cuatro partidas de mikado
con Milo.

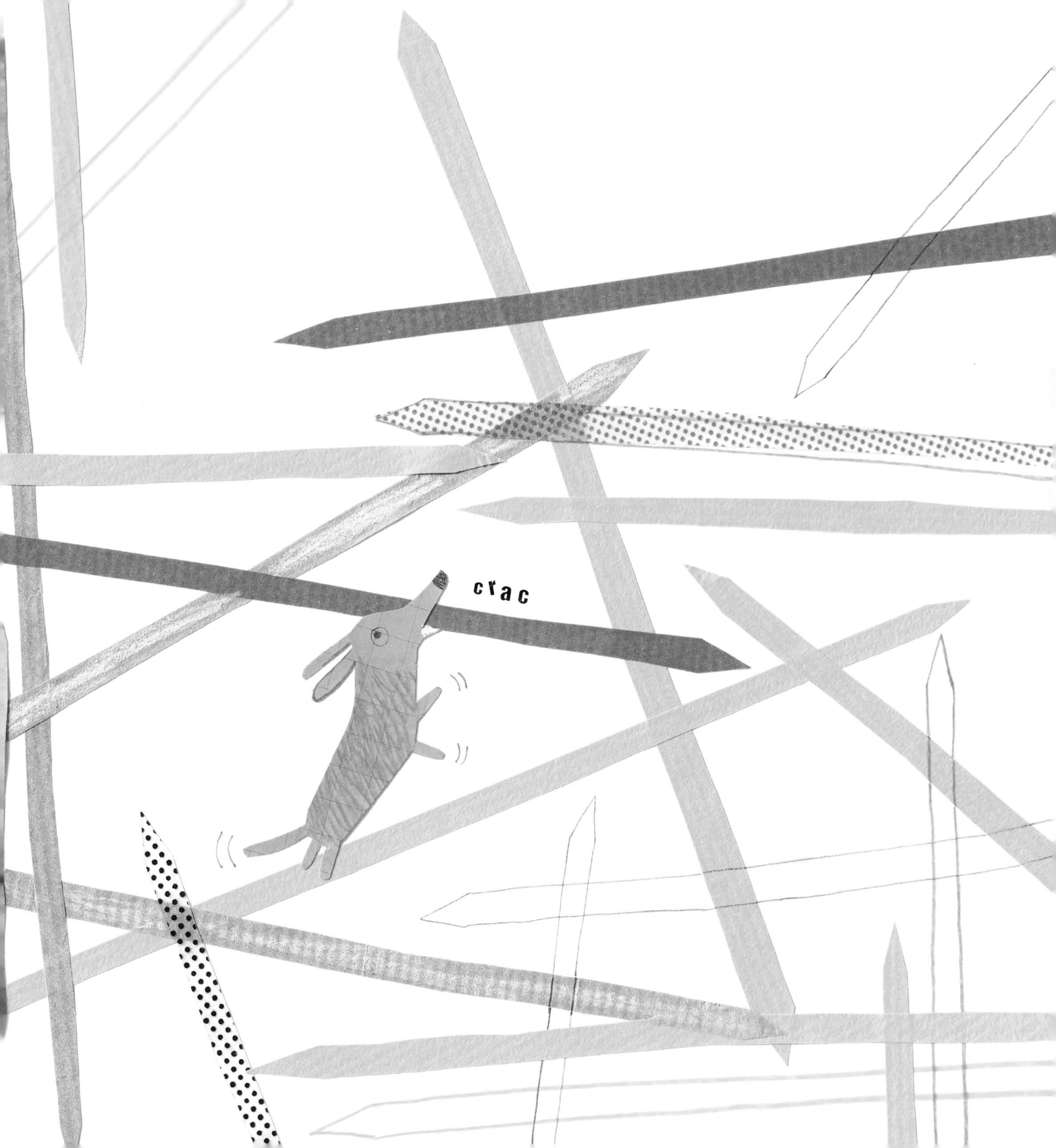
crac

glu
glu

# MEDIO DÍA

es el tiempo que tarda la marea
en cubrir la playa,
llevarse mi castillo de arena
y recuperar sus caracolas.

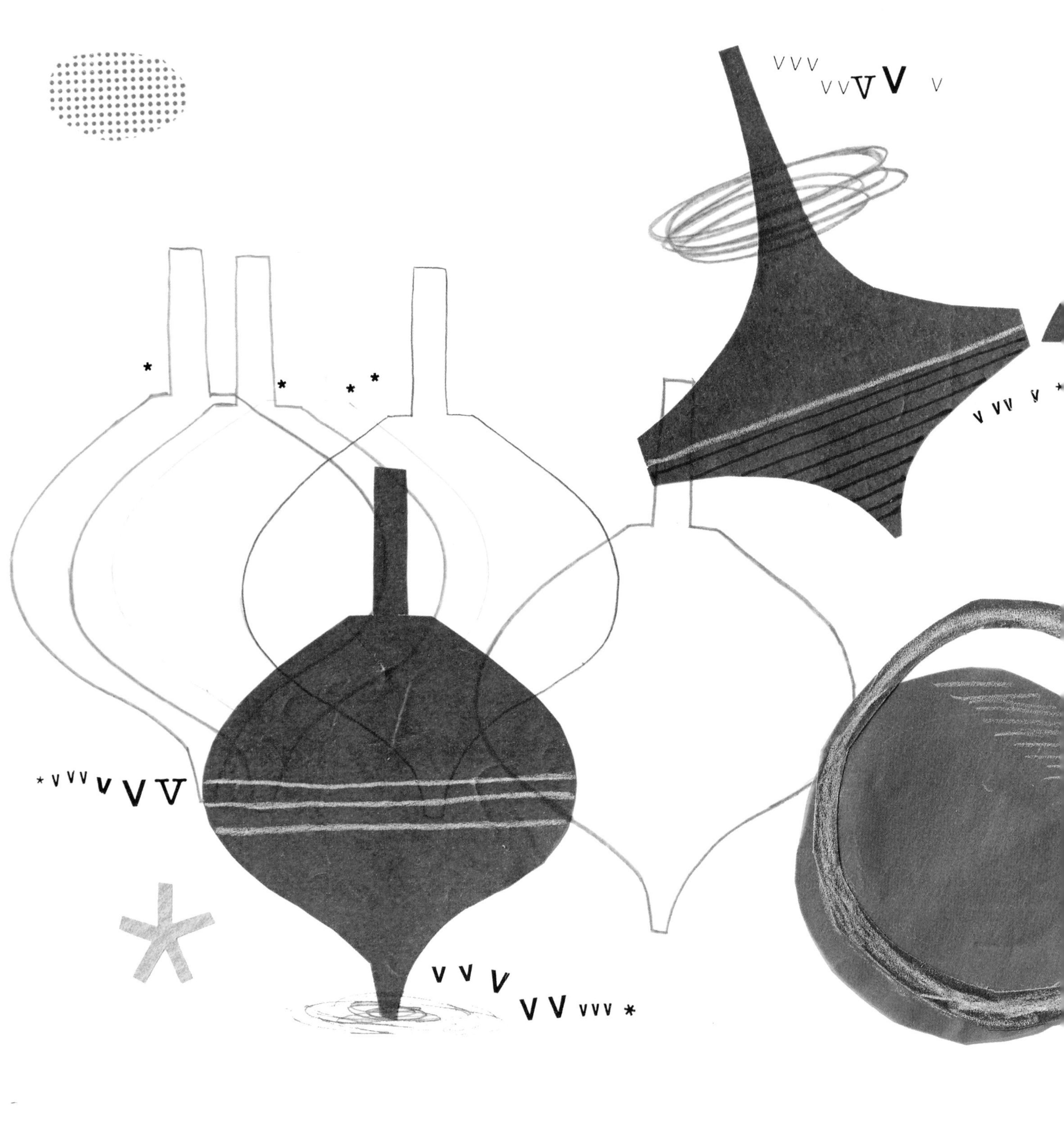

# UN DÍA

¡es la libertad!
Tengo todo el tiempo del mundo
para transformar mi habitación en una nave espacial,
cubrir mis paredes de grandes planetas
y de pequeñas estrellas.

# EL FIN DE SEMANA

son dos días enteros.
A papá le gustaría descansar,
pero con todo el tiempo
que tenemos
le digo que por fin
podemos construir
mi supercabaña
en el jardín.

rrr... rrr...

# UNA SEMANA

son siete días.
Es el tiempo que hay desde Navidad
hasta Año Nuevo.
Es también el tiempo
que tarda un plátano,
olvidado en el mostrador,
en ponerse negro.

son cuatro semanas
completas.
Todo este tiempo
es más que
suficiente
para que un huevo
recién
puesto
se convierta
en un
pollito
regordete.

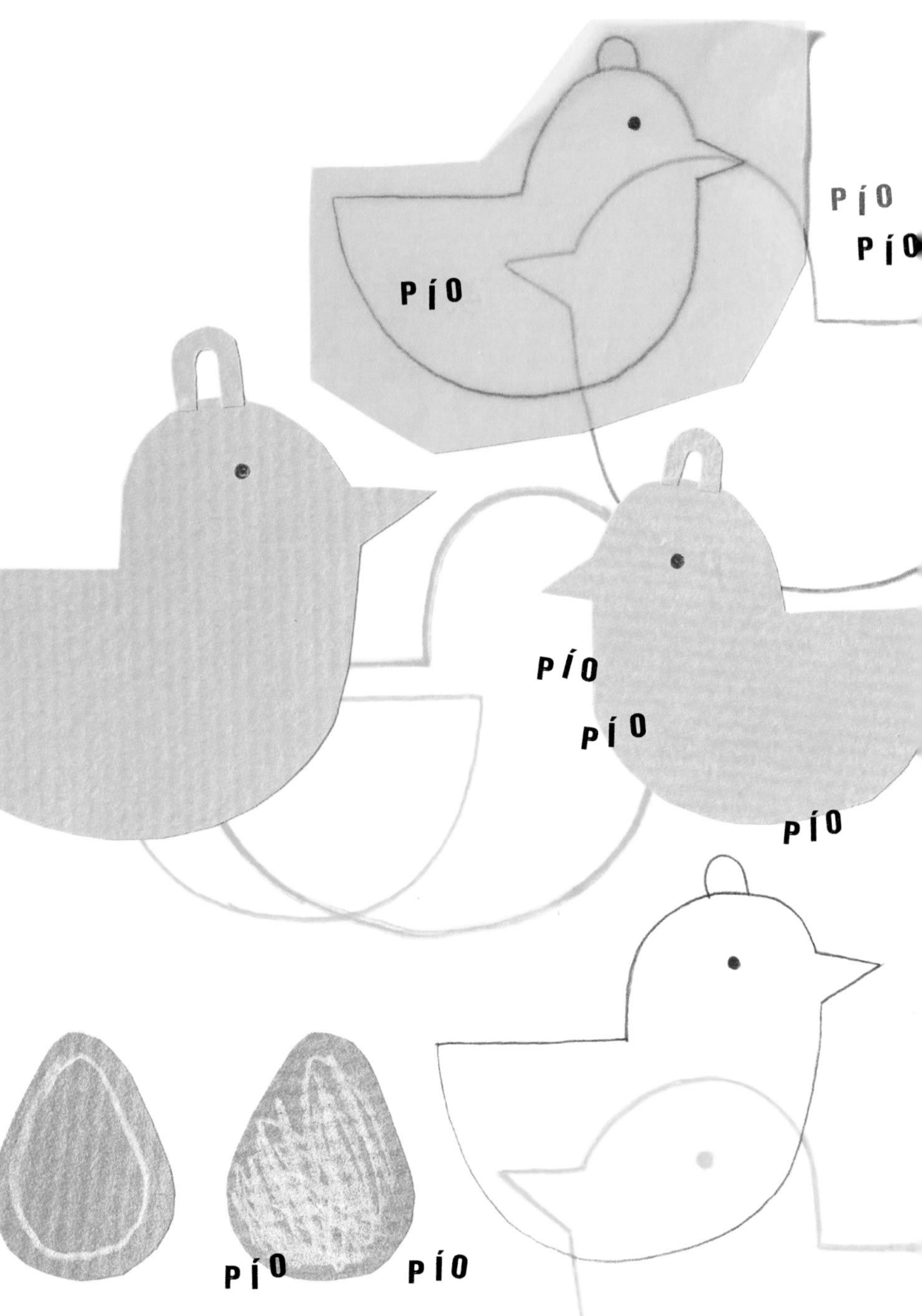

PÍO
PÍO
PÍO
snif
snif
PÍO

# UNA ESTACIÓN

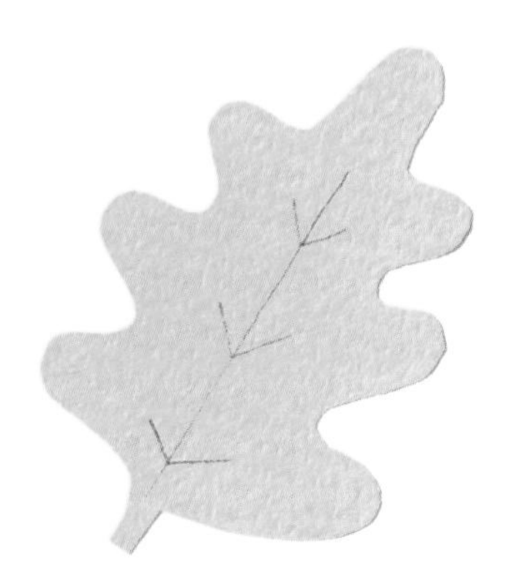

son tres meses. Con todos estos días,
puedo ver las flores del manzano
transformarse en manzanas,
los renacuajos convertirse en ranas
o las hojas del gran roble
pasar del verde al rojo.

mm L m L
2 AÑOS
1 AÑO Y MEDIO
1 AÑO
MILO

# UN AÑO

son 365 días.
He crecido algunos centímetros,
he añadido una cifra más a mi edad
y ahora tengo los dedos de los pies
atrapados en la punta de las deportivas.

¿Cuánto tiempo se necesita
para fotocopiar la página 29,
recortar la forma, doblar a lo
largo de la línea punteada,
pegar los bordes amarillos
y obtener...
un pequeño personaje?

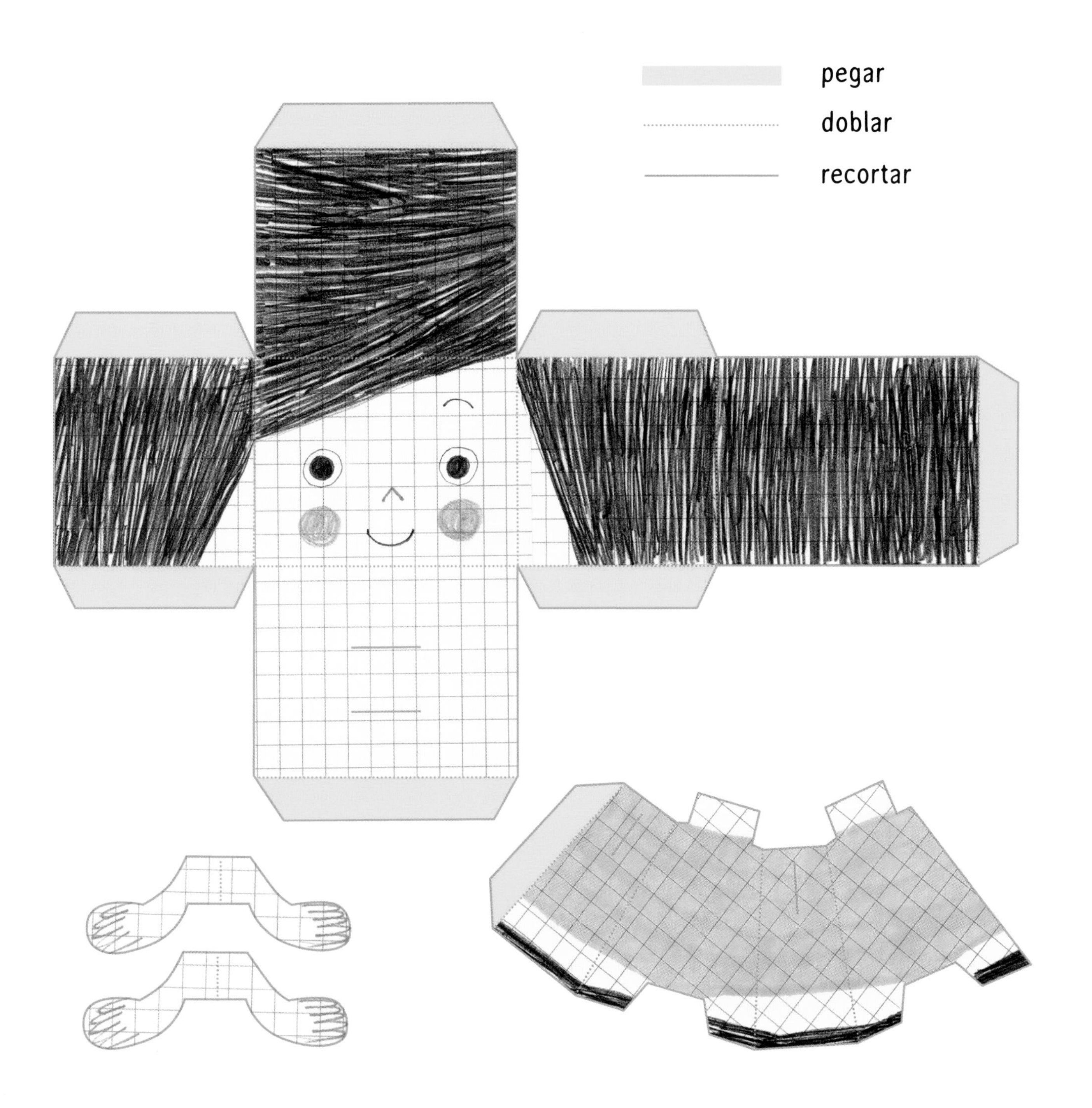
pegar
doblar
recortar

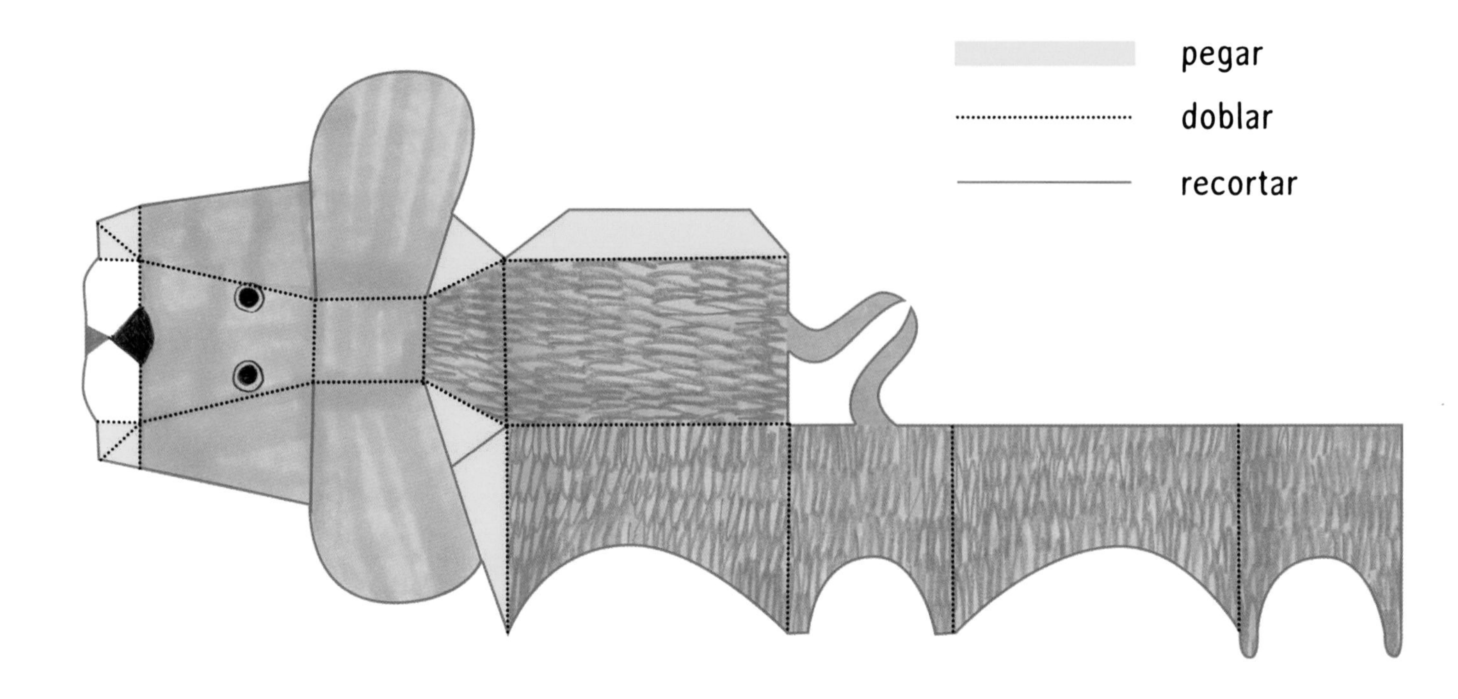


# ¿Y para el perrito?